MEURTRE
EN MIROIR

Données de catalogage avant publication (Canada)

Irina Drozd
  MEURTRE EN MIROIR
  (*Collection Plus*)
  Pour enfants.
  ISBN 2-89045-935-7
  I. Titre II. Collection

Directrice de collection : **Françoise Ligier**
Révision : **Jocelyne Dorion**
Illustrations : **Raymonde Lamothe**
Maquette de la couverture : **Marie-France Leroux**
Composition et mise en page : **Mégatexte**

Éditions Hurtubise HMH
7360, boulevard Newman
Ville LaSalle (Québec)
H8N 1X2 CANADA
Téléphone : (514) 364-0323

Dépôt légal/1er trimestre 1993
Bibliothèque Nationale du Québec
Bibliothèque Nationale du Canada

© Copyright 1993
Éditions Hurtubise HMH Ltée

Imprimé au Canada

MEURTRE EN MIROIR

Irina Drozd

Illustré par
Raymonde Lamothe

Collection Plus
dirigée par Françoise Ligier

HURTUBISE
HMH

Irina DROZD est née en 1954, à Marseille, en France, de parents russes. Elle est infirmière dans un grand hôpital parisien et, entre les piqûres et les pansements, elle passe des heures à écrire des histoires pour les enfants, les adolescents et les adultes. Ses livres sont traduits en japonais, en espagnol, en portugais... Ses romans policiers ont beaucoup de succès: *Mardi-gras* (Albin Michel) a obtenu le Prix Polar Jeunes en 1988.

De temps en temps, elle parvient à lire (beaucoup), aller au cinéma (jamais assez) et écouter de la musique (encore plus).

«J'aime les livres. J'aime les regarder, les toucher, les sentir. J'aime les mots qui chantent et les images qui parlent. Les livres me font voyager dans d'autres têtes, d'autres pays.»

Raymonde LAMOTHE est illustratrice, à Montréal (Québec) mais aussi rédactrice et recherchiste. Elle a publié seule ou en collaboration quatre livres: *Les Patenteux du Québec* (Parti pris), *Histoires vraies de tous les jours* (Remue Ménage), *De la poële à frire à la ligne de feu* et *N'eût été cet été nu* (Boréal).

1

Laurent

 **Il y a des jours comme ça où tout va mal. Ce lundi-là,** Jérémie, mal réveillé, la tête encore pleine d'un dernier rêve, s'attable devant son petit déjeuner. Il sent que quelque chose ne va pas: sa mère, si calme d'habitude, est ce matin très nerveuse.

— Ça ne va pas? Des ennuis au travail?

— Non.

Jérémie est habitué à plus d'explications.

— Quoi alors? insiste-t-il en mangeant ses céréales.

Sa mère baisse les yeux. Elle contemple ses ongles impeccablement vernis.

— Que penses-tu de Laurent? demande brusquement Camille.

Son fils la considère longuement en silence, puis finit par répondre.

— Il est... euh... sympa.

Et il attend une suite qu'il redoute depuis des années. Très exactement depuis le divorce de ses parents.

Il a un souvenir confus de son père: des bras solides et des rires joyeux, une photo, une voix au téléphone pour Noël et ses anniversaires, et des promesses de vacances ensemble.

Camille Vernon n'a jamais rien dit contre son ex-mari; elle le défend même lorsque Jérémie est en colère contre lui, déçu et malheureux après un voyage ou des vacances annulés.

Durant ces dernières années, des hommes charmants ont raccompagné sa mère après une soirée au cinéma ou au restaurant ; ils se sont montrés gentils avec lui. Mais Jérémie est sur ses gardes ; il attend l'intrus. Celui qui tentera de remplacer son père. Jusqu'à présent, aucun n'a réussi cette prouesse. Jusqu'à l'arrivée de Laurent.

Gentil, généreux, sportif, drôle, pas moche du tout. Et flic.

En parlant de lui, sa mère a ce regard que Jérémie a remarqué quand elle évoquait, juste après le divorce, le souvenir de son père. Bien sûr, Jérémie a espéré qu'il s'éteindrait vite, ce regard. Mais sa mère voit Laurent depuis un an déjà.

À quatorze ans, Jérémie comprend qu'il doit se montrer tolérant, mais un an, c'est long.

— Il m'a demandé de l'épouser, dit encore Camille. Simplement.

Et Jérémie ne supporte pas le ton heureux de sa voix.

— Ah! non! s'écrie-t-il en se levant.

Il s'enfuit vers le collège. Il ne veut pas donner à sa mère le temps de s'expliquer.

* * *

Dans la chaleur rassurante de la classe, Jérémie se sent en sécurité, loin de tous ses problèmes. Il s'apprête à écouter M. Colibri, le professeur le plus sympa de tout le collège. Il anime un groupe de théâtre amateur, ne donne jamais d'exercices longs et ennuyeux et démarre en douceur le lundi par une lecture. M. Colibri est très aimé de ses élèves et apprécié des parents. Ce matin-là, il a choisi un extrait de *Maigret et le fantôme*, de Georges Simenon.

La lecture est presque terminée lorsque le proviseur fait son entrée dans la classe. Il tousse d'un air gêné, se penche vers M. Colibri, lui murmure quelques mots à l'oreille.

Le professeur de français devient subitement pâle.

— Mon Dieu! Maminou, s'écrie-t-il avant de sortir en courant de la classe.

Les élèves se regardent sans comprendre. Tous connaissent Maminou, la grand-mère de Guillaume Colibri, une vieille dame adorée de tous les habitants de la petite ville. Elle a toujours un mot gentil et un sourire pour chacun.

— Monsieur, qu'est-ce qui se passe?

— Qu'est-il arrivé à Maminou?

— Elle est... elle est morte! dit le proviseur.

Garçons et filles poussent des exclamations stupéfaites. La veille

encore, plusieurs d'entre eux ont croisé Maminou trottinant gaiement dans les rues, accompagnée de Chouchou, son cocker blanc et roux.

— Elle a été assassinée, ajoute-t-il rapidement.

— Et Chouchou? demande encore Jérémie.

Lorsque Maminou était fatiguée, ou immobilisée à cause de ses rhumatismes, les gamins du quartier faisaient ses courses et promenaient le cocker.

Pas de réponse. Le proviseur est déjà sorti.

Et la matinée s'écoule tristement, sans plus d'informations. Sauf une, mais de taille: l'inspecteur Laurent Charlet est chargé de l'enquête. Ce

même Laurent que la mère de Jérémie espère épouser.

Alors Jérémie a envie de s'enfuir très loin. Rejoindre son père... mais il ne sait même pas où il se trouve.

Il se hâte de rentrer chez lui, éprouvant le besoin de rester seul pour amortir le choc causé par la mort de Maminou, mais aussi pour réfléchir. Il sait que ce soir, sa mère viendra dans sa chambre, s'assoira sur le lit et parlera encore de Laurent.

2

Qui a tué
Maminou?

 **Jérémie s'installe
confortablement
dans son lit, aug-**
mente le volume de
la radio et s'absorbe dans ses pensées. Son père lui a toujours présen-
té les policiers comme des hommes
incompétents. Pire! des sales types
qui participent à des trafics louches
et qui souvent frappent d'innocents
manifestants.

En grandissant, Jérémie a fait la part des choses : il sait qu'il y a flic et flic. Jusqu'à l'entrée de Laurent dans sa vie tranquille et douillette. Maintenant, les paroles de son père lui reviennent en mémoire et sont presque un baume sur sa douleur.

Brusquement, Jérémie se sent honteux. Maminou est morte, et lui

ne s'inquiète que de sa petite personne. Mais qui a pu tuer Maminou?
Et pourquoi ?

On gratte à la porte de sa chambre,
interrompant le triste cours de ses
pensées.

— Oui, fait-il en se levant pour
baisser le volume de la musique.

— J'aimerais qu'on reparle de
Laurent, dit sa mère en entrant.

Jérémie pousse un petit soupir.

— Tu sais au sujet de Maminou?
demande-t-il d'un ton brusque.

Camille hoche gravement la tête.

— Laurent m'a téléphoné. Il a demandé si ça ne m'ennuyait pas de
garder Chouchou, il est blessé... si ça
ne te dérange pas, bien sûr.

— Oh! pas du tout. Ça, ça ne me dérange pas.

Le regard de sa mère se voile, et Jérémie regrette ses paroles. Mais il imagine les soirées avec Laurent. Les

repas avec Laurent. Les fins de se-
maines avec Laurent. Les petits dé-
jeuners, les... Il ne supporterait pas...
Laurent... tout le temps...

— Tu le trouvais gentil, fait dou-
cement remarquer Camille.

— Qui? Chouchou?

Deux petites larmes roulent sur les
joues de sa mère, et Jérémie a un peu
honte.

— Tu sais bien de qui je parle...
Pourquoi es-tu si... hostile?

Jérémie se sent très malheureux. Il
adore sa mère, mais n'arrive pas à
admettre qu'elle puisse aimer un
autre homme que son père.

— Je ne suis pas...

La sonnette de la porte d'entrée l'empêche de continuer, à son grand soulagement, car il ne sait quoi dire.

C'est Laurent, portant Chouchou dans les bras. Un gros pansement plaque les oreilles du cocker; il tombe à gauche sur l'œil entouré d'une tache de poils roux. Il secoue faiblement la queue en voyant Jérémie et aboie plaintivement.

— Pauvre vieux! Qu'est-ce qu'on t'a fait?

— Un sacré coup sur la tête, mais il a le crâne solide... Dommage que Maminou n'ait pas eu cette chance, répond Laurent en déposant Chouchou à terre.

— On l'a frappée? interroge Jérémie.

— Oui, sur la nuque, avec un gros vase. Tu sais, celui qu'elle aimait tellement, en cuivre.

Jérémie hoche gravement la tête. Il connaît le vase. Un cadeau de M. Colibri. Maminou en était très fière.

— Et... on sait qui? demande anxieusement Camille.

Laurent toussote d'un air embarrassé.

— Hem... Maminou a donné son nom, juste avant de mourir. Elle... n'arrivait pas à y croire. Elle répétait tout le temps: «Ce n'est pas possible, ce n'est pas lui, pas mon petit...»

— Qui? demande Jérémie.

— Elle disait... «pas mon petit Guillaume», souffle Laurent.

— Non! Pas lui! hurle Jérémie. Il n'a pas fait ça!

Laurent secoue la tête. Il connaît l'affection que tous les élèves portent au professeur de français.

— Je sais Jérémie, ça te semble incroyable, mais Maminou...

— Elle s'est trompée! Ou vous avez mal compris!

Laurent secoue à nouveau la tête, l'air navré.

— Tu sais, je préférerais. Vraiment. Mais elle l'a reconnu.

— Et... Vous l'avez arrêté? Il a avoué?

— Je l'ai arrêté, c'est pour ça que Chouchou est ici... Mais il n'a pas avoué.

— Bien sûr! Parce qu'il est innocent! Vous êtes nul comme flic et...

Jérémie sent ses lèvres trembler. Des larmes lui picotent les yeux. Il tourne soudain les talons, se rue vers sa chambre. Le policier soupire et prend Camille dans ses bras.

— Je suis vraiment désolé. Tu lui as parlé?

La jeune femme se blottit encore plus contre l'homme qu'elle a réussi à aimer après le départ de son mari. Celui en qui elle a pu avoir confiance après cinq longues années de solitude.

— Oui, murmure-t-elle.

— Et alors?

— Il faut qu'il s'habitue à cette idée... il a besoin de temps.

— Je comprends. Il ne tient pas à avoir un beau-père.

Camille s'écarte légèrement.

— Juste un peu de temps... Il t'aime bien, j'en suis sûre.

Laurent hausse les épaules. Il n'est pas si optimiste quant aux sentiments de Jérémie envers lui.

* * *

— Guillaume Colibri! Il est idiot ce flic! Papa avait raison! Vraiment raison. Tu ne crois pas Chouchou?

Le cocker aboie sans réserve. Il considère le garçon, les yeux brillants, guettant une caresse. Jérémie sourit et «grattouille» le chien autour du pansement. Le cocker jappe un petit coup, puis va gratter à la porte.

— Oh! Tu veux sortir? Pas de problème, ça me changera les idées.

Il enfile rapidement son blouson et accroche une laisse au collier du chien.

— Je promène Chouchou! prévient-il avant de sortir.

Il se demande si, à son retour, Laurent sera encore là, comme tous les soirs ou presque.

Jérémie doit reconnaître qu'au début, Laurent lui a été extrêmement sympathique. Très exactement jusqu'au jour où il s'est aperçu que sa mère était en train de tomber amoureuse de lui. Laurent et lui avaient commencé à se tutoyer, mais Jérémie s'était méfié et il était très vite revenu au vouvoiement. Laurent a eu la discrétion de ne pas le questionner sur ce changement. Et malgré lui, Jérémie lui en est reconnaissant.

3

Un flic
incompétent

 **Presque sans qu'ils
ne s'en rendent
compte, la prome-**
nade les a conduits
devant la maison de Maminou. Un
charmant petit pavillon dans un quartier calme, un peu isolé. Idéal pour un
crime. Maminou n'avait pas peur.

Chouchou se met à geindre dou-
cement, résiste à Jérémie qui l'en-
traîne loin du portail en bois.

— Il ne faut pas Chouchou, ne pleure pas, viens, allez...

Le petit chien pousse des cris déchirants, et Jérémie le prend dans ses bras.

— Courage mon vieux, je ne vais pas te laisser tomber... ni Guillaume. Toi, tu sais qu'il n'est pas coupable, n'est-ce pas?

— Ouarf! fait le cocker, calmé.

— On va lui prouver à ce flic qu'il se trompe, d'accord? C'est un incompétent, j'en suis sûr!

Ils se remettent en route d'un pas ferme. S'il parvient à démontrer l'innocence de Guillaume, sa mère sera bien obligée d'admettre que Laurent est un minable.

En réfléchissant un peu, le garçon se dit qu'on ne joue pas n'importe comment au détective amateur. Il faut des informations. Alors il se promet d'être aimable avec Laurent.

Oui, sa mère verra qu'elle se trompe, et ils seront à nouveau heureux. Tous les deux.

* * *

Comme il s'en doutait, Laurent est encore là. En entrant, Jérémie lui octroie le plus charmant de ses sourires.

— Désolé pour tout à l'heure. Je n'ai pas été très poli... Pas du tout même, mais j'aimais beaucoup Maminou, vous savez.

Laurent se détend légèrement; il avait craint la confrontation au retour du garçon. Il sourit.

— Je comprends.

Jérémie éprouve vaguement quelque chose qui ressemble à du remords. Laurent croit sincèrement qu'il se repent de sa mauvaise humeur, et Jérémie sent qu'il ne se trompe pas complètement. Peut-être que...

— Ça ne t'ennuie pas si je reste à dîner? demande le policier.

— Non, bien sûr! Je ne suis pas aussi... Je dois réfléchir, vous comprenez. Il y a si longtemps qu'on est seuls, maman et moi... C'est trop rapide, balbutie très vite Jérémie.

Puis il se mord les lèvres, se détourne, regrette ses paroles. Ne sait même pas pourquoi il les a prononcées. Peut-être à cause de l'air malheureux de sa mère.

— Je mets la table, propose-t-il d'une voix redevenue nette.

* * *

— C'est Henriette qui l'a trouvée dans la chambre, le matin, en venant faire le ménage, vers sept heures. Elle m'a appelé tout de suite chez moi... Elle n'a même pas pensé au commissariat.

Jérémie hoche la tête. Laurent accepte de répondre à ses questions parce que l'enquête est close. Sinon, il ne parle jamais de son métier et surtout jamais des enquêtes en cours.

— J'y suis allé aussitôt, bien sûr. J'ai vu tout de suite que Maminou était dans un état très grave, critique même. Elle répétait tout le temps la même chose au sujet de Guillaume, de plus en plus faiblement. Chouchou était à côté d'elle, du sang plein les poils. Je suppose qu'il a voulu la défendre, mais Guillaume...

— L'assassin, pas Guillaume, corrige Jérémie d'une voix ferme.

Le sourire navré reparaît sur les lèvres de Laurent.

— Tu le crois toujours innocent, n'est-ce pas?... J'aimerais aussi... Mais il n'a pas d'alibi... Et il avait besoin d'argent.

— Il avait des dettes? coupe Camille d'un ton incrédule.

— Oui. Une dette stupide. À cause de Gérard. Et tu connais Gérard...

Tout le monde ici connaît Gérard, le jumeau de Guillaume. Autant Guillaume est posé, généreux, sincère, autant Gérard est turbulent, égoïste, menteur, toujours à la recherche de l'affaire qui lui rapportera de quoi vivre jusqu'à la fin de ses jours sans travailler. Et tout le monde sait qu'il vit aux crochets de Guillaume.

— Cette fois, il y avait beaucoup d'argent en jeu, reprend Laurent. À la banque, Guillaume avait accepté de se porter caution pour Gérard. Maintenant, il était obligé de vendre sa maison pour rembourser la dette de son frère. Il a certainement demandé à Maminou de lui prêter de l'argent. Elle a dû le lui refuser et...

— Non! Il ne l'aurait jamais frappée! Il l'aimait! Et il adore Chouchou! Je suis sûr que c'est Gérard! Ils sont jumeaux, non?

— Jérémie... Tu imagines que je n'y ai pas pensé? Mais Maminou a été formelle. À cause de la mèche. Malgré leurs divergences et leur désaccord, ils ont presque la même voix et les mêmes gestes et souvent, ils sont habillés de la même façon; seul un détail dans leur coiffure les distingue: une mèche que chacun repousse d'un côté: Gérard à droite, Guillaume à gauche.

— Ils ne pouvaient pas se coiffer en brosse! fait Jérémie, exaspéré.

— Il y a aussi l'alibi... Maminou a été attaquée hier soir, enfin, presque la nuit... Gérard a un alibi. Pas Guillaume.

— Et alors? Ça se fabrique, un alibi, objecte hargneusement Jérémie.

— Je le sais mieux que toi... Mais là, trois types ont témoigné et pour quelqu'un comme Gérard, qui n'a pas d'argent, trois types, c'est cher à

payer... Désolé, Guillaume est coupable. Il a dû s'affoler au refus...

Le garçon se lève brusquement.

— Non! Je ne veux pas! Vous vous trompez! Vous vous trompez, vous entendez?... Bonsoir!

Camille tente de le retenir, mais Laurent pose la main sur son bras.

— Laisse-le. Il est bouleversé, c'est normal. Il est arrivé trop de choses aujourd'hui.

Camille a un petit sourire crispé.

— J'espère que... tu es... certain de la culpabilité de Guillaume?

— Il n'a pas avoué, mais les preuves sont contre lui.

* * *

Ce flic stupide et borné s'acharne sur Guillaume parce qu'il est incapable de prouver la culpabilité de Gérard. Voilà ce que pense Jérémie en se lavant vigoureusement les dents.

Il se regarde fixement pendant de longues secondes dans le miroir, suspendant son geste avec l'impression bizarre qu'ils sont tous, et Laurent le premier, à côté de la vérité à cause d'un détail qui leur échappe. Mais quoi?

Pensif, il retourne dans sa chambre, souriant à Chouchou qui, repu et apaisé, s'est installé sur le lit.

— Tu peux dormir là, mais juste pour cette nuit, je ne suis pas Maminou, précise le garçon en se glissant dans le lit.

Jérémie éteint la lumière en soupirant. Ferme les yeux. Des images

dansent dans sa tête. S'emmêlent. Des sons. Les longues conversations avec Maminou qui l'a souvent gardé quand il était petit. Les plaisanteries de son père quand ils jouaient ensemble. Les cours de théâtre donnés par Guillaume. Maminou souffrant de ses rhumatismes, ne pouvant quitter sa chambre. Jérémie se redresse brusquement dans son lit.

— Le miroir, souffle-t-il.

Il allume, et Chouchou, surpris, relève la tête, aboie.

— Ce n'est rien mon vieux, du calme, rassure le garçon.

Puis il se met debout, s'approche du miroir au-dessus de son bureau. Le lit et Chouchou s'y reflètent.

Et la tache de poils roux entoure l'œil droit du cocker.

— Vous êtes un nul, monsieur Laurent, j'en ai la preuve, et maman le saura bientôt, déclare Jérémie.

Alors, rassuré sur son avenir et sur celui de Guillaume, il se recouche et s'endort paisiblement. Demain sera un jour de gloire.

* * *

Bien sûr, en se levant, il a un peu peur. S'il était raisonnable, il téléphonerait à Laurent pour lui faire part de son idée géniale. Mais justement, il ne veut pas.

Il lui faut d'abord une certitude. Même s'il est certain de ses déductions.

4

Chouchou désigne le coupable

 **Guillaume et Gérard habitent ensemble dans la plus belle et** la plus ancienne maison de la ville. Pour son malheur, Guillaume y a passé la soirée et la nuit du crime seul. Un mauvais rhume l'a empêché d'aller au cinéma avec des amis.

Jérémie hésite un peu avant de faire son geste. En principe, il devrait se trouver au collège, en train de subir un cours de maths. Au lieu de cela, il joue au détective amateur.

Il sait que Gérard ne se lève jamais avant midi. Alors, il appuie résolument sur la sonnette et attend.

Gérard Colibri se lève en pestant. Il peste encore plus en reconnaissant Jérémie, ce satané gamin de ce fichu groupe de théâtre.

— Qu'est-ce que tu veux? demande-t-il d'un ton peu aimable.

— Euh... je suis venu vous présenter mes condoléances... j'aimais beaucoup Maminou.

— Eh bien, merci!

La porte commence à se refermer. Une vague de panique submerge Jérémie. Il lui faut une vraie preuve, sinon des aveux.

Il doit parler avec Gérard. Il se souvient de ses cours de théâtre. Il porte la main à sa tête, pousse un long gémissement, vacille. La porte se rouvre.

— Ça ne va pas? fait Gérard d'un ton inquiet.

— Excusez-moi... je me sens mal, bredouille Jérémie.

— Entre, tu devrais t'asseoir.

Gérard s'efface pour laisser passer Jérémie. Le garçon connaît bien le chemin. Il s'affale sur le canapé qui a servi de lit pour la scène du meurtre de Desdémone, la semaine dernière. Ou bien dix mille ans auparavant?

— Vous n'auriez pas un peu d'eau, s'il vous plaît? demande Jérémie d'une voix mourante.

— Bien sûr, répond Gérard en dis-
paraissant vers la cuisine.

Le garçon remarque alors son
léger boitillement.

— Vous vous êtes fait mal à la
jambe? s'enquiert-il d'un ton innocent comme l'homme revient avec le
verre d'eau.

Gérard Colibri lui lance un regard
agacé.

— Ce n'est rien. Je me suis cogné contre un meuble.

— Merci pour l'eau, dit le garçon.

Et si le boitillement était dû à une morsure de Chouchou?

Jérémie finit de boire et fait tomber le verre qui roule aux pieds de Gérard.

— Oh! pardon! s'écrie Jérémie en se précipitant pour ramasser le verre.

Il bute comme par inadvertance contre la jambe blessée de l'homme et découvre une profonde morsure dans le mollet. Toute fraîche. Sa preuve!

— Excusez-moi, bredouille-t-il en tendant le verre. Je vais mieux. Il faut que je parte, je vous ai assez dérangé.

Gérard Colibri le retient durement par le bras.

— Pourquoi es-tu venu?

— Mais je vous l'ai dit... les condoléances...

— C'est pour ça que tu as regardé ma jambe? J'ai été mordu? Et alors? Ça arrive à n'importe qui, non?

— C'est faux! C'est vous le coupable! hurle Jérémie, oubliant toute prudence. Maminou a été frappée par derrière, devant le miroir. Elle n'a pas pu voir l'assassin en face. Et dans un miroir tout est inversé, ce qui est à droite est à gauche, et... votre mèche... Le garçon se mord brusquement les lèvres.

— C'était une vieille idiote. Ça faisait longtemps qu'elle ne voulait

plus payer pour moi, mais pour mon frère si bon et si gentil, ça marchait encore. Sauf cette fois. Elle a refusé de prêter de l'argent. Elle m'a insulté. Alors, très tard dans la soirée, je suis revenu et je l'ai tuée. Je me croyais même débarrassé de cette saleté de chien. À qui as-tu parlé? Réponds! Alors?

— À la police! Les policiers vont venir, ils savent tout! crie Jérémie, tentant désespérément de se dégager de la poigne de Gérard.

— Tu mens... Les flics seraient déjà là.

— Je vous en prie, je ne dirai rien, supplie le garçon. Je...

Gérard Colibri éclate d'un rire méchant.

— Tu me prends pour un imbécile? C'est raté, mon gars... Désolé, Jérémie, on repêchera bientôt ton corps dans la rivière.

— Oh! Non! Non! Je vous en supplie!

Une gifle brutale fait taire le garçon, le plongeant dans une semi-inconscience. Il pense à sa mère et

aussi, un peu bizarrement, à Laurent. Et il n'a même pas la force de se débattre, le sourire de sa mère s'éteint.

* * *

Lorsque Jérémie ouvre les yeux, il est allongé sur le divan. Au-dessus de lui se trouvent les visages inquiets de sa mère et de Laurent.

Il se redresse brusquement, cherchant Gérard.

— Oh! m'man! Laurent! C'est Gérard qui... Où est-il?

Laurent sourit amicalement.

— En prison. Tu l'as échappé belle, tu sais. Quelques minutes de plus et... et tu...

Le garçon se serre contre sa mère, tremblant aussi fort qu'elle.

— Mais comment?...

Le sourire du policier s'élargit.

— Tu n'es pas le seul à réfléchir, si je peux me permettre ce jeu de mots... Tu étais si âpre à défendre Guillaume, et moi je n'aimais pas du tout l'idée de sa culpabilité, tu le sais. Alors, j'ai pensé... Et j'en suis venu aux mêmes conclusions que toi. J'ai donc voulu comme toi interroger Gérard. Je suis arrivé un peu après toi. Finalement, l'alibi de Gérard repose sur trois crapules à qui il a dû promettre une partie de l'héritage de Maminou... Ça va?

Une bouffée de honte envahit Jérémie. Sans Laurent, il serait mort. Laurent n'est pas si nul comme policier, après tout. Mais comme père...

— J'ai eu si peur d'arriver trop tard, dit Laurent d'une voix émue.

Cette fois, c'est au tour de Jérémie de lui sourire. Un grand sourire qu'il gardait au fond de son cœur depuis cinq ans.

— Je suis heureux d'être vivant... Alors, c'est vrai que tu vas épouser maman?

Table des matières

LE PLUS DE
Plus

Réalisation:
Richard Gilbert

Une idée de
Jean-Bernard Jobin
et Alfred Ouellet

Avant la lecture

Un coup de pouce

« Donner un coup de pouce » à quelqu'un, c'est l'aider. L'activité qui suit vous donne un coup de pouce pour comprendre certains mots.

1. Vous toussez quand vous avez
    a) mal aux pieds.
    b) mal à la gorge.
    c) perdu votre clé.

2. En France, autour des villes vous pouvez habiter dans
    a) un avion.
    b) un nuage.
    c) un pavillon.

3. Quand vous portez des chaussures trop petites,
    a) vous boitillez.
    b) vous mangez.
    c) vous travaillez mieux.

4. Quand vous avez fait une action remarquable,
    a) on vous félicite pour votre prouesse.
    b) on vous donne un journal.
    c) on vous demande de monter sur le toit de votre maison.

Aller à l'école en France

EN FRANCE

Les garderies   de 0 à 3 ans
(publiques ou privées)

Les écoles maternelles ou   de 3 à 6 ans
jardins d'enfants
(publics ou privés)

Les écoles primaires   de 6 à 11 ans
(publiques ou privées)

Les collèges et les lycées   de 11 à 17 ans
(publics ou privés)

Les universités

Qu'est-ce qu'un proviseur?

En France la personne qui dirige un collège ou
un lycée s'appelle un proviseur.

ou au Québec...

AU QUÉBEC

Les garderies (subventionnées ou non)	de 0 à 5 ans
Les classes de maternelle (publiques ou privées)	de 5 à 6 ans
Les écoles primaires (publiques ou privées)	de 6 à 12 ans
Les écoles secondaires (publiques ou privées) On les appelle aussi polyvalentes quand elles ont beaucoup d'élèves et qu'elles sont publiques.	de 12 à 16 ans
Les cégeps (collèges d'enseignement général et professionnel) (publics ou privés)	de 16 à 18 ans
Les universités	

Avez-vous bien lu ?

Neuf questions pour une enquête

1. Quelle est la profession de Guillaume Colibri ?
   a) professeur de français
   b) professeur de dessin
   c) proviseur

2. Quelle est la couleur du chien de Maminou ?
   a) caramel
   b) blanc et noir
   c) blanc et roux

3. Quelle est la profession de Laurent Charlet ?
   a) animateur d'un groupe de théâtre
   b) électricien
   c) inspecteur

4. Sur quelle partie du corps Chouchou a-t-il été frappé ?
   a) au dos
   b) à la nuque
   c) à la tête

5. Après la mort de Maminou, qui a-t-on accusé du meurtre?
   a) Gérard Colibri
   b) Laurent Charlet
   c) Guillaume Colibri

6. Qui a découvert le cadavre de Maminou?
   a) Gérard Colibri
   b) Jérémie
   c) Henriette

7. Quand Maminou a-t-elle été attaquée?
   a) le soir
   b) l'après-midi
   c) le matin

8. Parmi ces personnages, lequel a des problèmes financiers?
   a) Guillaume
   b) Gérard
   c) Camille

9. Pour Jérémie, quelle est la preuve de la culpabilité de Gérard?
   a) La morsure au mollet de Gérard.
   b) Les problèmes financiers de Gérard.
   c) L'attitude négative de Gérard.

71

Sur la bonne piste

Voici une liste de quelques événements importants survenus pendant l'histoire. Vous devez les remettre dans le bon ordre.

1. Laurent doit prendre soin de Chouchou, le chien de Maminou.

2. Jérémie bute contre la jambe blessée de Gérard.

3. Jérémie refuse la culpabilité de Guillaume.

4. Le proviseur annonce que Maminou est morte.

5. Jérémie demande à Laurent s'il est vrai qu'il épousera sa mère.

6. Jérémie reçoit une gifle.

7. Laurent Charlet demande Camille Vernon en mariage.

8. Jérémie se rend chez Gérard Colibri.

Qui est qui?

Comment les personnages de *Meurtre en miroir* sont-ils associés les uns aux autres?

1. Jérémie et Camille Vernon

2. Jérémie et Laurent Charlet

3. Camille Vernon et Laurent Charlet

4. M. Guillaume Colibri et Jérémie

5. M. Guillaume Colibri et Maminou

6. Maminou et Henriette

a) professeur et élève

b) future épouse et futur époux

c) fils et mère

d) maîtresse de maison et femme de ménage

e) petit-fils et grand-mère

f) futur beau-fils et futur beau-père

C'est la même langue

Dans la langue française, il y a des mots qu'on utilise plus fréquemment dans une région ou l'autre de la francophonie. Chacune des paires de mots suivantes contient un mot plus souvent utilisé en France et un mot plus souvent utilisé au Québec. Vous devez les identifier sans oublier que ce classement n'est pas absolu.

1. une platine — une table tournante
2. un policier — un flic
3. un ami — un copain
4. laid — moche
5. un gars — un gamin
6. un sale type — un écœurant
7. louche — bizarre

Avoir du flair

Guillaume et Gérard Colibri sont des jumeaux. Complétez les espaces suivants en choisissant les traits qui sont souvent communs à des jumeaux.

«Ils ont encore maintenant presque la même (1) ___?___ et les mêmes (2) ___?___ et souvent, ils sont (3) ___?___ de la même façon; seul un détail dans leur (4) ___?___ les distIngue.»

1- mèche 2 -
3- habillés   4 - mèche

Pour terminer l'enquête

Vrai ou faux? Trouvez la lettre de chaque réponse fausse; vous découvrirez alors le nom d'un personnage sympathique.

	Vrai	Faux
1. L'assassin a frappé le chien à l'aide d'un marteau.	(G)	J
2. Camille Vernon est divorcée.	(I)	U
3. La maison de Maminou est située au centre-ville.	U	(E)
4. Le père de Jérémie a quitté la maison il y a cinq ans.	(P)	R
5. Henriette a découvert Maminou vers neuf heures.	(I)	R
6. Gérard est intelligent, brillant et séduisant.	L	(E)
7. Guillaume donne des cours de théâtre à un groupe amateur.	(L)	L
8. Camille Vernon souffre de rhumatismes.	M	(M)
9. Guillaume est allé au cinéma pendant la soirée du crime.	M	(I)
10. Gérard boitille car il s'est heurté la jambe contre un meuble.	E	(E)

Pour prolonger le plaisir

Soyons polis!

Au début du texte, Jérémie tutoie Laurent Charlet, son futur beau-père, et du jour au lendemain, il revient au vouvoiement. Au Québec comme en France, on vouvoie certaines personnes par respect ou par politesse et on tutoie d'autres personnes parce qu'on est plus familier ou plus intime. Dans la liste suivante, selon votre propre jugement, quelles sont les personnes que vous pouvez tutoyer.

1. une vendeuse au magasin
2. votre frère
3. votre grand-père
4. votre mère
5. votre grand-mère
6. votre oncle
7. vos amis d'école
8. votre tante
9. le proviseur
10. un sale type
11. un banquier
12. le facteur
13. le propriétaire
14. votre animal préféré
15. la voisine

Les Solutions

Avant la lecture

Un coup de pouce
1. b ; 2. c ; 3. a ; 4. a

Avez-vous bien lu ?

Neuf questions pour une enquête
1. a ; 2. c ; 3. c ; 4. c ; 5. c ; 6. c ; 7. a ; 8. b ; 9. a

Sur la bonne piste
Le bon ordre des événements est le suivant :
7 ; 4 ; 1 ; 3 ; 8 ; 2 ; 6 ; 5

Qui est qui ?
1.c ; 2. f ; 3. b ; 4. a ; 5. e ; 6. d

C'est la même langue
En France : platine, flic, copain, moche, gamin, sale type, louche.
Au Québec : table tournante, policier, ami, laid, gars, écœurant, bizarre.

Avoir du flair
(1) voix, (2) gestes, (3) habillés, (4) coiffure.

Pour terminer l'enquête
1. faux ; 2. vrai ; 3. faux ; 4. vrai ; 5. faux ; 6. faux ; 7. vrai ; 8. faux ; 9. faux ; 10. faux
le personnage : JÉRÉMIE

Pour prolonger le plaisir

Soyons polis !
Remarque : Habituellement, on vouvoie les personnes qui sont plus âgées que nous ou qui ont des fonctions plus élevées que la nôtre. Mais évidemment, le choix d'utiliser le « tu » ou le « vous » demeure très personnel[1]. Aujourd'hui, certains enfants vouvoient leurs parents et d'autres tutoient leurs grands-parents. Il faut donc toujours utiliser son propre jugement.

---

1   On peut cependant dire qu'au Québec on emploie plus souvent le mot « tu » qu'en France.

Dans la même collection